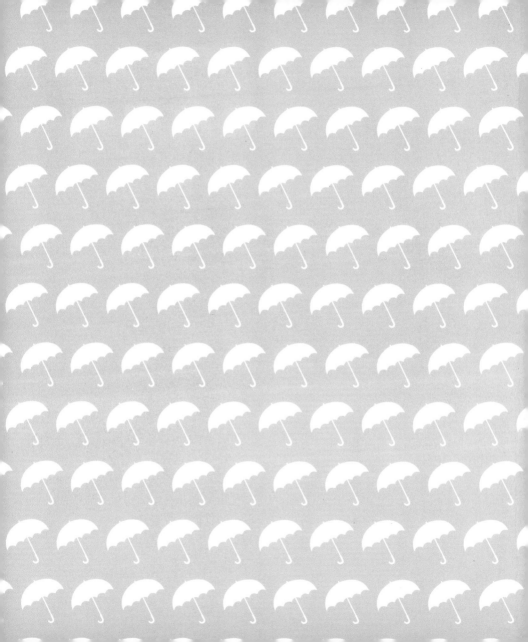

沒人像我一樣

在乎你

J

—— 那些藏在心裡不說的事 ——

Ring Ring

―――――― 前言 ――――――

在成長的路上會面臨的關卡很多，如何面對感情、挑戰人生、迎向未來，最後找到自己，有太多的困惑跟無力會產生，很多時候，我們都只能一個人自己去走，很多時候，也只是需要一句話來點破。

Ring Ring 想讓大家知道，其實你們都不是一個人，身旁還有著朋友家人，又或者至少你還有 Ring Ring，幫你説出藏在心裡不能説出來的感受，陪你走過每一個低潮的時刻，希望在翻閱這本書的同時，能夠給予你更多的勇氣，去面對成長路上的難關，更希望能夠與你感同身受的品嘗人生滋味。

當你心情有點混亂，試著翻開這本書，用簡單的圖文幫你沈澱一下情緒。當你覺得有點孤單，試著翻閱這本書，你會知道還有人在意著你的人生。

Ring Ring

CONTENTS ● ● ● ●

不要輕易的說愛
因為這是一輩子的債

過往，相親結婚卻能白頭偕老，
現在，自由戀愛卻常勞燕分飛！

愛不是想像中的那麼簡單，
除了愛著他的優點、享受他對你的好，
愛還需要能相互讓步、包容和同理心。

如果決定相愛，
除了想擁有對方的優點，
也要記得接受他的缺點！

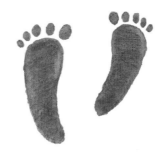

不是你不好

是分開對我們都好

相遇的時間點很重要，

因為人是會改變的，

不同的時間相遇，

兩個人會有不同的結果。

這個時刻你們相遇了，

最終如果沒有如你所願，

不要覺得自己不好，或是他不對，

只是這個時間點相遇的你們不適合。

能留在身邊的，

往往是最適解，而不是最佳解。

曾經傻過的愛情
是為了下個天晴

原以為只要付出，就能夠走到終點，
直到結束才發現，不是這樣就永遠。

每一段感情，不一定能完美，
　但每段的感情，都會成長，
不要死守回不去的那段回憶，
這樣看不到未來的美好風景。

就算昨日心已死

也要期待全新開始

因為有過，

所以離開後承受著劇烈心痛；

因為真心，

所以分開後不知該如何放手！

只是停在過去，會走不到以後，

只是想念曾經，會找不到幸福，

只是放不開手，會看不到未來！

怎麼過，決定權在你自己，

過去的、離開的已回不來，

以後的、前方的還在等待！

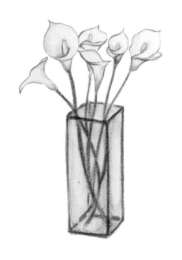

別把幸福視為理所當然
面對事情能更坦然

當 得到對方給的關心，

記得回應對方的真心；

當獲得意外的好運，

感謝有這樣的機運。

當你能珍惜幸福的點滴，

幸福才不會輕易的離去！

說好陪伴彼此一生
如今卻變如此陌生

無法預測每一段感情能走多久，
就算結束也不要否定曾經的愛。
因為很愛過，所以要轉身離開；
因為很愛過，所以要保持距離。

陌生是因為未來不能愛你，
陌生是因為未來不再參與，
這樣的距離會是一種療癒，
如果曾經深愛過，
就還給彼此一個未來。

有時候平凡的生活與愛情

反而更容易獲得好心情

年輕的時候，喜歡轟轟烈烈的愛情，

經歷過幾段轟轟烈烈後，

忽然明白原來平平淡淡才是幸福！

沒有驚濤駭浪，只有風平浪靜，

能夠一起品嘗這無味的每一天，

才能和你一起這樣慢慢變老！

只能說：還好有你！

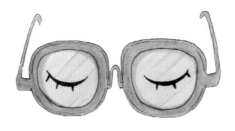

過去 不能 重來
現在 不能 遺憾

分開了，想著曾經的美好而心痛，

決定了，卻因為現況不如預期而後悔，

當分開了、決定了，就代表一切無法再回頭。

如果陷在後悔的情緒，

可能繼續做出不如預期的選擇，

靜下心來，勇敢面對現在和未來！

我們現在就開始一起往前吧！

朋友 不是 越來越少
而是隨著時間越來越真

學生時期，我們成群結黨，

出了社會，我們呼朋引伴，

只是慢慢發現，身邊留著的越來越少，

只是越來越少的這些，卻越顯得珍貴！

能一起走過時間、走過環境改變的友誼，

就算沒有天天見面，都還是能相知相惜！

朋友不一定能夠長久，

但能長久的一定是朋友！

朋友就是彼此說好
互相一起嘲笑到老

人生的不同階段，都會擁有不同階段的好朋友，

不論彼此之間，現在還是如此親密，

或是已經疏遠，

因為有他們，人生的每個階段都擁有美好回憶！

說到好朋友，

你心中會想起誰，

記得跟他們說聲：有你真好！

我們可不說一句話

卻彼此心連心

總想要有一個人，

不用說就能夠懂，

你需要先這麼做：

相處才能夠產生默契，

在乎才能夠放在心底，

不論是愛人還是朋友，

要付出才能明白彼此！

愛情分手就離開了
友誼卻可歷久彌新

談過了幾次戀愛，

受過了幾次傷害，

才發現……

戀人不愛了，就會永遠不相見，

回過頭一看，還在的總是好友。

不管有沒有找到一段不分開的愛，

記得別忽略了陪在你身邊的好友。

真正的朋友，會在你需要的時候一直都在！

窗外搖晃的鞦韆
心裡擺動的糾結

以為已經放下，但不自覺想起。
以為不再在意，原來是藏心底。

回憶可以淡忘但無法遺忘，
偶爾的痛楚提醒為何失去，

心緒猶如鞦韆擺盪，
時不時提醒自己曾經的存在。

承受太多的驚嚇
何不開始選擇放下

想像中的愛情總是美好，

現實中的愛情常常失望。

面對不堪，一次次的原諒；

面對痛苦，一次次的釋懷。

若想選擇原諒，請做好再次受傷的準備；

若害怕再受傷，請你放過自己放下感情。

破碎過的信任難以完全復原，

不管繼續跟放下都需要勇氣，

如果可以，對自己好一點吧！

當這段愛情走了
下段愛情正走來了

當你失去他的那刻，

是否以為這輩子再也遇不到那麼愛的人，

甚至以為他也跟你一樣的傷痛？

最後發現，他牽起了別人的手，

也會有一個更適合的人陪著你。

每一次的相愛都有它存在的意義，

結束了代表它能給你的就這麼多，

未來，會有更長久的愛情等著你。

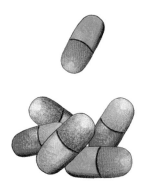

擺脫傷心需要練習
因為每個人都值得疼惜

傷心沒有特效藥可醫，
別奢望傷心立刻復原，
但你面對傷心的方式，
會決定你心傷的長度。

不要鑽進牛角尖裡，
在心裡重複著原因，
然後一再否定自己。
請相信你值得疼惜，
先好好的心疼自己，
跳出傷心的牢籠，微笑會重新綻放！

朋友就是無須請求
就會主動出手相救

因為相同的生活圈，

你我變成了好朋友，

離開一樣的生活圈，

依舊陪伴著就是真正的朋友。

不像過往密切的聯絡，

但見面還是無話不談說了許多，

不像曾經緊密的生活，

但發出求救訊號依舊二話不説的伸手。

來來去去的朋友中，

有這樣的朋友就足夠。

忘了為什麼喜歡你
只記得深深為你著迷

我們總愛問：你什麼時候愛上我？

我們總愛問：你到底喜歡我哪裡？

其實愛情沒有原因，能夠細數出來的叫作條件，

但關鍵都是因為我愛你，

我愛你不是因為你有這些條件所以愛你，

我愛你就是單純的因為我就是愛上了你。

愛不需要一直逼問理由，

只要感受得到他的愛就足夠！

別把生活寄託給愛情

因為愛情會離開

生活卻一直在

你是這樣的人嗎？

有了愛人就會忽略了朋友和家人，

結果沒了愛人，身邊卻也沒有人！

如果他出現在你的生命裡，

不該把生活都以他為重心，

而是把他帶進你的生活裡，

他的出現是為了完整你的人生，

不是讓你失去原先擁有的那些。

生活因為愛情而更加美麗，

不要因為失去愛情也失去生活的意義！

時間讓很多事開始變得不一定
但我們的友誼卻依舊堅定

時間的可怕在於太多事情敵不過時間考驗，

以為會在身邊的人離開了，

以為可以相信的人背叛了，

以為不會改變的卻也變了。

別太輕易相信會長久，

最終通過時間考驗的才是真的，

友情不一定隨時都需要很黏膩，

反而是通過時間考驗的友情，

就算不常見面、不常聯絡，

都會在相聚的那一刻感覺友情依舊。

關於人生

事情有時很簡單
只是情緒複雜了它

很多時候，事情不難，
難的是我們自己的心。

心裡覺得過不去，
心裡覺得很痛苦。

試著不被情緒左右，
試著平復紊亂的心。

你會發現一切沒有那麼難。

不要用你的認知
替別人貼標籤

沒有真正的相處過，不輕易評斷他人，
不夠清楚事情細節，不能夠妄下結論。

你自己不喜歡被人誤解，

我們也不能去評論他人。

抓好自己心中的那把尺，

成為一個自己想要的人，

也不去將別人貼上標籤！

別老說你懂我的心情
最後又做了一樣的事情

因為在乎，所以給彼此機會溝通，

因為溝通，所以覺得對方都明白，

但卻發現，事情總是一再重演，

原來真正理解對方其實是困難的。

我們通常只看到最後的行為，

無法知道對方這麼做的原因，

反而容易產生對彼此的誤解，

也許，我們該給的是對方能明白的貼心！

你的擔心沒有錯
但我的感受也很重要

長輩總是説：我是為你好，
我想跟你説：我不是不聽！

聽話，或許可以避免紛爭，
但我只是想要你聽聽我的想法！
聽話，或許可以一帆風順，
但人生有碰撞才能夠真的成長！

我不想當個叛逆的孩子，
這次，你可以聽我説嗎？

換個角度
改變自己的態度

有時候莫名的討厭，只因為看不慣；
有時候忽然的糾結，只因腦袋打結，

其實煩惱的事從來沒有主動來找你，
而是你主動把煩惱給帶進了生活裡，

換個角度，換個態度，其實沒這麼糟！

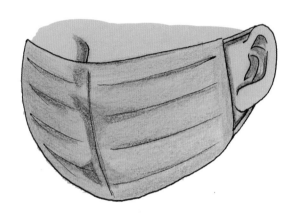

有理何須急著爭辯
那只會顯得狡辯

被誤會讓人覺得鬱悶，

多解釋對方依舊不理，

毋需繼續對他說太多，

因為他心中已經認定。

明白自己為何這樣做，

等待時間證明這一切，

毋需急著當下被明白，

因為成見難以被改變。

我們無法控制人生
但可以先控制脾氣

面對不公平，我們發怒以對；
面對運氣差，我們生氣以對！

當我們面對不美好的時候，
是否都先讓情緒操控思緒！

下一次，在火氣上來之前，
深呼吸，試著平靜去面對，
會發現，一切並沒那麼糟！

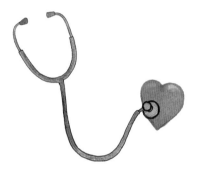

我好需要一個魔法
就能改變心中的壞想法

沒有一直都正向的人，

也很難總是保有樂觀，

人總是有著負面情緒，

只是要學習如何轉念。

你我都明白的這道理，

雖然實踐總是困難，

但去找到一個小魔法，

有著讓你轉念的魔力！

人心最可怕的就是
你以為自己是好人

有些人努力讓自己像個好人，

他們平常努力維持著形象，

一旦當自己權益受損時，

就自動開啟防禦系統，

他們忘了顧慮他人感受，

總認為自己是為了對方好，

而對方的傷害遠比他們想像的多，

此時，他們還認為對方不領情。

難道我們只能感到萬般無奈嗎？

有天當你有了幫助他人的能力，

千萬要記住不要讓自己陷入這樣的迷思，

不要當個假好人，披著善人外衣的小人。

你老是要我別想太多
但這世界鳥事也太多

你總是告訴我別想太多，

我腦子卻總是想了又想，

想開需要一點勇氣，

放下需要一點灑脫，

我知道現在的我這樣不太好，

但現在的我需要你說點廢話！

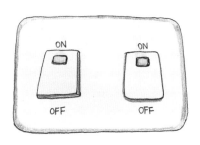

請不要把你的以為
當作成是我的作為

不要對我説你以為，

你認定的不代表就是我想的，

不管你有多了解我，

都不該用自己的認定來看我。

你眼中的我，我很在乎，

我們其實很了解對方的重要，

但請不要把你心中的認定，決定了我的決定。

不再哭哭啼啼
開始起身解決問題

沒有一帆風順的人生，
只有層出不窮的問題。

眼淚可以釋放情緒，
但哭不能解決問題，
可以哭，但不能輸！

擦乾眼淚還是要面對，
問題才可能迎刃而解。

脆弱的接受

不如勇敢的防守

因為軟弱，面對攻擊只能默默承受；

因為軟弱，面對不公只能繼續忍受；

因為軟弱，總是勉強自己接受不該接受。

或許不可能一下子就反擊成功，

但是不要放棄自己應有的權利，

累積勇敢不一定要進攻，

至少學會保護自己不被攻破！

心裡老覺得煩
該來準備翻轉

總是被現實困住，覺得好煩；

總是被小人干擾，覺得好煩；

總是被悲觀綁住，覺得好煩。

煩躁的心情沒人可以幫你擺脫，

只有你才能帶著自己脫離情緒，

從現實中尋找可以改變的縫隙，

試著遠離小人或選擇淡定以對，

最終選擇樂觀讓自己人生翻轉。

當你決定不想再煩，煩躁自然就會遠離！

不要老覺得我們傻

那只是習慣性裝傻

聰明的人看似較輕鬆，

其實必須承受的更多。

有些時候裝傻面對，

也許事情可以簡單許多！

人生的問題不曾少過，

面對的方式人人不同。

與其想太多感覺難受，

不如選擇讓自己輕鬆。

想念

不一定是想念一個人

而是想念一種狀態

心中有一段回憶，
在脆弱時刻想起。

原以為是放不下那段曾經，
才發現是想念當時的自己；
雖然知道該過得更好，
但卻想找回那個自己。

現在的自己還好嗎？
希望不要困在過去。

愛情需要喘息
快樂需要學習

愛人與被愛都是一個難題，
兩個人一起相愛才能甜蜜，
相愛不是互相控制抓緊緊，
而是能夠彼此體諒去相信。

長大後總會面對更多難題，
單純的快樂好像跟著遠離，
快樂可能會隨著年紀消沉，
想要快樂就發自內心找尋。

療傷是過程
我將迎接美好旅程

付出的愛無法回收，失去才會讓人疼痛。

失去以後不肯放手，就把自己困在牢籠。

總會在一瞬間想通，過程多痛終會解脫。

如果不會痛，那是因為沒有愛過，

因為曾愛過，所以必須這樣痛過。

只要曾經真心付出，

這就是一條必定要走過的路。

復原之後，找到重生的自我，

這條學習愛情的路上會更好走。

回憶在拉扯

只因你不走

未來在跟你揮揮手，

你總是説你無法走；

是回憶絆住你，還是自己拉住自己？

過去的一切不會改變，也不會再前進。

要繼續癡癡停留，還是大步的走，

只有你能決定自己的腳步往哪走，

沒有不能走，只有你自己不肯走。

你從來不是一個人
只是剛好身旁沒人

人生其實很少一個人走，

出生的時候有父母相陪，

成長的過程有朋友相伴，

最終都還會有愛人相守。

如果現在的你是一個人，

試著好好享受這個時刻，

這樣的時刻有多麼珍貴。

如果回憶起來只剩下抱怨，

就浪費了老天給你跟自己相處的機會。

時間讓很多事開始變得不一定
但我們的友誼卻依舊堅定

關於未來

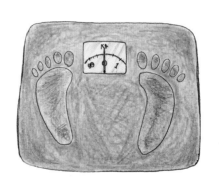

給自己過多的理由
而看不見美好的自己

改變很難，尤其在習慣了以後，
決定改變前，總說服自己太多，
說服太久，都忘了還需要改變。

我們都還不夠好，
但是都可以更好，
只要你願意改變，
都能找到更好的自己。

成長讓人變得有智慧
而不會抱怨「這我怎麼會」

面對問題，急著逃跑，

這樣永遠不會學得會。

面對困惑，試著解答，

就算失敗也會有收穫。

遇到事情不說：「我不會。」

而是改成先說：「我試試。」

你會發現，結果將不同！

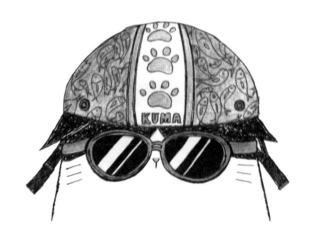

有些路

注定一個人闖

雖然身旁有好友相伴，給了滿滿的鼓勵；

雖然身邊有愛人相隨，給了濃濃的愛意；

但生活難免使不上力，最終只能自己闖！

不過有了他們在身旁，好像多了些力量，

珍惜有了這一份力量，自己更要勇敢闖，

人生的路上，我一個人來，我一個人走！

所有的挫敗
都是打從心底先否定

因為覺得不會成功，

所以沒有全力以赴。

因為擔心會受傷害，

所以總是小心翼翼。

連自己都沒有信心，

事情怎能突破重圍！

請先學會相信自己！

學會無所畏懼
才能對抗恐懼

現實的社會永遠不會停下來等你，

沒錢、沒勢、沒地位，但我在做，

不會阿諛奉承，也無法鬼話連篇。

忽然間沮喪的要命，只能努力做；

突然感覺諸事不順，但我還在做；

想成功沒這麼簡單，繼續拚命做。

改變是寂寞的道路，你不做我做！

折磨的過程

是養分的累積

平順的人生，突來的衝擊可能把你擊垮，
艱困的人生，不斷的訓練可以讓你堅強。

當你成功的迎接每一個難關，

代表你為自己注入新的能量。

每一次挑戰中你學會的能力，

未來的某個時刻都可能用上！

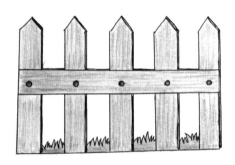

不試著跨越挑戰

將承受更多惆悵

一古腦兒的煩躁湧入，

好像所有事都不順。

靜下心來一看，

才發現給自己太多「我辦不到」的藉口，

事情才變得越來越窒礙難行。

當你給自己堅定的信念接受挑戰，

原先感覺到的那些煩躁會自然離去，

取而代之的是，離目標越來越近的成就感！

以為逃避就會改變
最後什麼事都變了
卻只有你自己沒變

很多時候，

因為想不通就想逃開，

因為感到痛就想離去。

但是不管跑到哪裡，

想不通的問題依舊，

感到痛的情緒還在。

因為不是逃離就會雲淡風輕，

關鍵在你如何面對這些事情，

唯有自己改變，才能夠平靜！

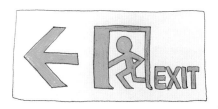

就算有再多的陷阱

依舊保持該有的衝勁

出社會久了，會覺得人心好像多了一點險惡；

出社會久了，會覺得事情好像不能只靠實力；

但是如果你因為這樣而放棄了努力，

人生可能就只能這樣了！

請在每一次的陷阱中學習小心，

請在每一次的危機中累積經驗，

只要你願意去衝刺，人生才可能會有改變！

不要怕改變，因為改變在等你！

努力的時間不嫌多
別老是想太多

我們心中都有一個夢，

只是追夢的方式不同。

有些人想到就先去做，

有些人擔心比行動多。

我們都無法預測事情的結果，

光想不做，事情絕不會成功，

試著去做，事情才能有開頭。

時間沒有停止前進，

所以不要原地踏步！

睜著眼逼自己勇敢笑著
努力讓自己
有天閉上眼都繼續笑著

我們都沒有顯赫的背景，

我們都得經歷真實人生，

不斷挫敗、不斷受傷，

就算哭也只能擦乾眼淚。

擦乾眼淚後請不要放棄，

現在的努力是為了未來，

唯有如此才可能有改變，

繼續努力，才能創造讓你微笑著的生活！

寫下心中的文字
試著再挑戰自己一次

太多時候，我們想的比實踐的多，

太多時候，勇敢都放在白日夢裡，

想著太多的如果，只會擁有更多的錯過。

試著這樣開始去做，

把你心中最想完成的夢想寫下，

列出達成夢想該付出那些努力，

然後就去做吧！

不管會不會成功，當你開始真的去做，

心中想的就再也不會只是白日夢而已。

再多的苦你都願意嘗

有天沒有什麼不能扛

別用柔弱當藉口，把自己變得脆弱。

堅強不是天生有，扛過了才能負重。

羨慕別人沒有用，人生掌握你手中，

若你能承受的更多，一切才能不同。

當未知的挑戰壓迫，

你能扛得比別人多，

當巨大的逆境來襲，

才有機會逆轉未來。

別守著看不清的原貌
要往前成為自己的驕傲

很多事情，結果已經確定，
只是不願看清，所以原地不動。
很多時候，心裡已經軟弱，
只是不願放棄，所以苦苦等候。

當現況已經混沌，
離開才能改變結果。
就算一切重新來過，
也不要選擇忍受、繼續折磨，
往前才能夠擁有以後。

青春終究會老
只須趕緊抓牢

時間從不會因不捨而停留，

就算回頭也無法重新來過，

不要輕易蹉跎，

以為一切不會溜走。

無論你的青春是否已走，

把握每分每秒從今以後，

唯有好好去過，

才不會徒留遺憾在心中。

不要一直等待
那只是你不該有的期待

站在原地作夢，以為夢想會自己降落，

有一天你會發現別人都已經遠走。

站在原地等候，以為總有一天會成功，

有一天你會驚覺自己大大的落後。

原地等待不會有機會降臨，

成果是做了之後才能期待，

成功需要運氣，前提是自己也在努力。

羨慕別人成功

不如起身進攻

成功的時候，光環總是外顯，
努力的過程，其實沒人看見，
習慣只注意別人的光環，
卻忽略他經歷多少考驗。

每個成功都是拚搏而來，
羨慕只是被他人的光環迷住，
勇敢投入才能創造自己未來。

把你的固執
轉化為成功的堅持

不同角度看同一件事情，
對事情的解讀都會不同。
不同的事情看一種個性，
對個性的解釋都有差異。

固執看似是死腦筋，
卻可能是一種耐力，
固執於自己的堅持，
也許能比別人走的更長久，
夢想也就能夠離自己更近。

多花點時間想辦法讓自己變好
不要老花時間面對自己的不好

時間總在無形中漸漸流逝，

我們也在不知不覺中度過。

每個人擁有的時間都有限，

你選擇把握還是繼續浪費。

有限的時間裡總是埋怨，

怨氣只會讓人更加喪氣。

試著善用時間扭轉個性，

會發現已不斷戰勝自己。

你的煎熬

都是為了走向更好

不要幻想著一帆風順，

因為那是可遇不可求，

人生必定是崎嶇顛簸，

只要你知道為何而忙。

目標就在心看得見的遠方，

就算過程艱辛、備感煎熬，

也要明白這些付出的終點，

都是你設想中人生的美好。

關於自己

適當的安靜
是最好的沈靜

雖然我們都會害怕孤單，
但不能忘記跟自己獨處！

跟自己獨處，是為了自我對話；

跟自己獨處，是為了靜下心來；

跟自己獨處，是為了重新整理。

記得留一些時間，跟自己獨處！

外表堅強的笑著
悲歌用心的唱著

習慣帶著笑臉，讓你以為我很好，

習慣假裝樂觀，讓你以為我堅強！

內心卻藏著一些眼淚，想說只要乾了就好，

內心還帶著一些悲傷，想說只要走過就好！

耳機裡聽著那些陪我走過低潮的歌，

心情隨著那些歌詞旋律痛過也好過！

學著把事情看淡
自己也跟著善待

有時候，會因為別人的一句話恨得牙癢癢，

有時候，會因為他人的一件事氣得急跳腳，

換個想法，或許對方根本沒有惡意，

換個角度，我們似乎犯過同樣的錯。

我們不需要看透人生，但要學著看淡人生，

你會慢慢發現，有些事情因為看淡，你會開始懂得善待自己！

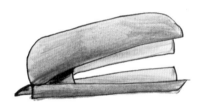

逼迫自己要變強

態度也跟著變堅強

每個人都有脆弱的那一面，
總希望自己能更堅強。

改變是困難的，
除非你體悟到改變是必須的，
當你能夠逼迫自己多承受一些，
你會發現心臟會越來越強。

沒有人一開始就是堅強，
都是撐過痛苦跟煎熬才能蛻變！

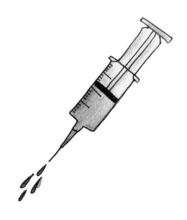

太過在乎別人
最後卻傷了自己

同樣一件事情，我們立場不同，
各自的角度看，會是不同解讀！

總是在意別人的看法，你會動搖了自己立場，
也容易怎麼做都不對，因此失去前進的方向。

結果是你自己承擔，
請多在乎自己一些，
因為這是你的人生！

學著怎麼作自己
也不傷害任何人

我們都該學會如何作自己，
但不代表可以仗著作自己而傷害別人。

作自己，是表達出自己心中真正的決定，
作自己，是為了讓別人更理解真實的你，
作自己不是可以為所欲為，
作自己還是需要尺度拿捏。

因為作自己是讓自己變好，而不是讓別人變差。

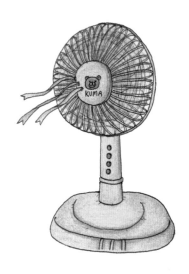

輕鬆一點
你比想像的還優秀

你總是用放大鏡看自己，

看到的都是自己的不足，

看見的都是自己的缺點。

換一個顯微鏡看自己，

看看被你遺忘的專長，

看看被你忽略的優點。

記得自己的好，才會越來越好，

只看自己的不好，會忘記怎麼變好！

拿下偽裝的面具
開始努力無懼

因為害怕被討厭，所以戴著面具，

因為害怕被看穿，所以戴著面具，

因為能戴著面具，所以存在害怕。

當你不戴面具，你只能誠實面對，

當你不戴面具，你會逼自己勇敢，

當你不再害怕，你就不需要面具。

戴上面具是一種短暫逃避，

拿下面具才能夠誠實面對。

多一點感激

正面能量也在累積

幸福不是唾手可得，

能擁有都需要珍惜。

懷抱著感激的心，

讓愛能繼續傳遞。

無法控制別人的行為，

但可以先從自己做起，

讓好的事情能夠累積，

正面能量就能夠傳遞。

微笑需要練習

好運才不會缺席

自己的人生只有自己才能決定，

悲傷的情緒讓人不敢靠近，

快樂的心情讓人想要親近。

嘴角上揚的弧度有魔力，

微笑面對人生每個難題，

就算困難都能化險為夷。

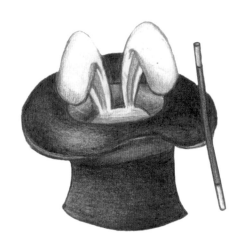

每個人的想法
都是不一樣的魔法

每件事情總是有很多個面向，

人都習慣站在同一個角度思考，

雖然想的沒錯，卻是種捆綁。

我們要試著敞開心胸，

聽聽不同角度的聲音，

或許跟你想的有所不同，

努力去理解能明白更多。

不急著否定別人，

而是先檢視自己！

我不是最厲害的
但我是無可取代的

和別人比較，你覺得自己外貌不夠，

和別人比較，你覺得自己智慧不夠，

和別人比較，你覺得自己全都不夠。

我們總是比上不足比下有餘，

那又何必不斷比較，

世界上不會有第二個你，

這才是你存在最重要的原因！

不是要學著勇敢

而是要面對害怕

覺得堅強就是不要哭泣,

覺得勇敢就是不要喊痛,

其實這樣都是假裝出來的。

感覺難過就哭、感覺會痛就說,

這些是真實的情緒,不需要逃避,

學會面對這些脆弱的情緒,

你才能知道如何不再脆弱。

學著對自己誠實
會開始有了自己的堅持

為了讓人覺得順從，所以沒有自己的聲音，

為了讓人覺得合群，所以沒有自己的意見，

但因為從不曾表達，最終卻是被大家忽略！

試著說出自己的想法，試著陳述自己的觀點，

作一個有自己的人，別人才會把你當個人。

不要害怕保有自己的堅持

不要擔心設下自己的底線，

當你懂得尊重自己，別人也會尊重你。

努力的找到自己
會發現好多人一起

心中感到徬徨的時候，

會覺得自己孤單一人，

因為不知道哪裡屬於自己，

也不知道該往哪個方向前進。

當你確定心中的方向，

才能找到要走的那條路，

在明確的道路上前進著，

你會發現原來好多人相伴。

不該凡事只會跟著走
而要找到真實的自我

因為不知道自己要什麼，
所以跟著別人的腳步走。
會擔心自己跟別人不同，
所以不敢依自己的心走。

跟著別人走，
不一定會有一樣的結果。
跟著別人走，
會不敢為自己人生負責。

試著依心中的答案走，
你才能擁有屬於自己的宇宙。

這世界本來就不公平
你只能努力讓自己贏

不要抱怨世界不公平，
因為它從沒有要公平。
競爭是自然而然的存在，
即使不想加入都得比賽。

抱怨改變不了不公平的現況，
找到自己的目標勇敢的去闖。
所謂的勝利沒有一定的模樣，
努力去完成心中最終的想像。

學習面對自己的負擔
愛自己才會變的簡單

每個人都有拋不開的包袱，
感覺壓力就容易變得束縛，
選擇逃避也避不開，
不如試著好好面對。

當你學會了接受不完美的自己，
才不會總是被所謂的缺點絆住，
當你學會了面對拋不開的包袱，
你會發現原來愛自己其實不難。

不要老是想得太多

讓自己快樂顯得越少

你是否也常常如此？

事情還沒做就先想說是否會失敗，

步伐還沒踩就先想說是否能成功，

過度的擔憂讓自己的心反而困惑。

事情只想不做，

看不到結果，還讓心擔憂，

只要這件事你能開心去做，

無論最後的結果會是什麼，

其實你都能擁有更多快樂。

給自己藉口逃避

你只會變得封閉

不要總是覺得事情很難，

因為沒有太多事情簡單，

我們會不斷面臨到挑戰，

你可以躲開也可以迎戰。

選擇躲開，

就能繼續待在看似安全的堡壘裡，

只是沒人知道堡壘能保護你多久。

勇敢迎戰，

當下看起來是個沒有勝算的戰場，

挑戰才知道自己比想像中的強悍。

沒人像我一樣在乎你

—— 那些藏在心裡不說的事 ——

作　　者／RINGRING
美術編輯／申朗創意
企畫選書人／賈俊國

總 編 輯／賈俊國
副總編輯／蘇士尹
行銷企畫／張莉滎・廖可筠

發 行 人／何飛鵬
出　　版／布克文化出版事業部
　　　　　台北市中山區民生東路二段 141 號 8 樓
　　　　　電話：(02)2500-7008　傳真：(02)2502-7676
　　　　　Email：sbooker.service@cite.com.tw
發　　行／英屬蓋曼群島商家庭傳媒股份有限公司城邦分公司
　　　　　台北市中山區民生東路二段 141 號 2 樓
　　　　　書虫客服服務專線：(02)2500-7718；2500-7719
　　　　　24 小時傳真專線：(02)2500-1990；2500-1991
　　　　　劃撥帳號：19863813；戶名：書虫股份有限公司
　　　　　讀者服務信箱：service@readingclub.com.tw
香港發行所／城邦（香港）出版集團有限公司
　　　　　香港灣仔駱克道 193 號東超商業中心 1 樓
　　　　　電話：+86-2508-6231　　傳真：+86-2578-9337
　　　　　Email：hkcite@biznetvigator.com
馬新發行所／城邦（馬新）出版集團 Cit　(M) Sdn. Bhd.
　　　　　41, Jalan Radin Anum, Bandar Baru Sri Petaling,
　　　　　57000 Kuala Lumpur, Malaysia
　　　　　電話：+603- 9057-8822　　傳真：+603- 9057-6622
　　　　　Email：cite@cite.com.my
印　　刷／卡樂彩色製版印刷有限公司
初　　版／2015 年（民 104）3 月
初版 56 刷／2022 年（民 111）1 月
售　　價／280 元

城邦讀書花園　布克文化
www.cite.com.tw　www.sbooker.com.tw